Jens Schumacher

In der Gruft des Pharaos

Der magische Stein

Band 4

Jens Schumacher

In der Gruft des Pharaos

Illustriert von Karin Schliehe und Bernhard Mark

Der magische Stein

unipart

Jens Schumacher: In der Gruft des Pharaos
Unipart bei area

Illustrationen: Karin Schliehe und Bernhard Mark;
www.schliehe-mark.de
Einbandgestaltung: Bille Fuchs, Köln
Layout und Satz: Noch & Noch, Balve
Druck und Bindung: Oldenbourg Taschenbuch GmbH,
Hürderstraße 4, 85551 Kirchheim

Printed in Czech Republic 2005
ISBN 3-89996-573-6

www.area-verlag.de

Was bisher geschah

Eines Tages finden Maya und Jan an ihrem geheimen Treffpunkt eine Kette mit einem magischen Stein daran. Als Jan die Kette umlegt, versetzt der Stein die beiden viele Hundert Jahre in die Vergangenheit, auf die Insel Atlantis (Band 1).

Die Insel ist dem Untergang geweiht. Wie die Kinder erfahren, haben die Sieben Weisen sie beide dazu ausersehen, mit dem magischen Stein durch die Zeit zu reisen und an ihrer Stelle Gutes zu tun. Um zu zeigen, dass sie würdig sind, den Stein zu behalten, sollen Maya und Jan jedoch zunächst einige Prüfungen bestehen.

Im Heiligen Tempel von Atlantis müssen sie knifflige Rätsel lösen und den Ausweg aus seinem riesigen Irrgarten finden. Trotz der Einmischung des bösen Schwarzmagiers Maldorius gelingt es ihnen, wohlbehalten hinauszukommen und so die erste Prüfung zu bestehen.

Zurück in ihrer Zeit, dauert es nicht lange, bis der magische Stein durch helles Leuchten wieder auf sich aufmerksam macht. Maya und Jan folgen seiner Aufforderung und reisen mit ihm ins 17. Jahrhundert (Band 2).

Sie finden sich an Bord eines altmodischen Segelschiffes namens Santa Lucia wieder, das wertvolle Fracht geladen hat. Seine Mannschaft ist verängstigt – muss sie doch in der kommenden Nacht ein Seegebiet passieren, wo der Geist eines bösen Piratenkapitäns sein Unwesen treiben soll.

Nachts nähert sich dann tatsächlich ein geisterhaft leuchtendes Schiff der Santa Lucia. Nach einigen unheimlichen Zwischenfällen finden Maya und Jan heraus, dass es sich dabei gar nicht um ein Geisterschiff handelt. Die ganze Sache ist vielmehr ein gewitzter Schwindel: Der Kapitän des Schiffes will sich damit einen Ruf als berüchtigter Pirat erwerben. Die Kinder bieten ihm an, sein Geheimnis für sich zu behalten – falls er aufhört, Schiffe auszurauben. Der Piratenkapitän stimmt zu, die Fracht der Santa Lucia ist gerettet.

Auf dem Rückweg in ihre Zeit erfahren Maya und Jan, dass es sich bei dieser Reise um eine zweite Prüfung der Sieben Weisen gehandelt hat. Indem sie den Geisterkapitän entlarvten, haben die Kinder auch diese bestanden. Sie dürfen den magischen Stein für immer behalten und mit ihm reisen, wohin sie wollen.

Ihr erster Vergnügungsausflug führt Maya und Jan weit in die Vergangenheit, in die Eiszeit (Band 3). Hier treffen sie neben verschiedenen urzeitlichen Tieren auf einen Stamm von Höhlenmenschen. Diese leben in einer Siedlung am Fuß eines hohen Berges, wo sie regelmäßig von einem gefährlichen Säbelzahntiger bedroht werden. Maya und Jan wollen ihren neuen Freunden gegen das Tier beistehen, als sie herausfinden, dass der Berg, an dem die Höhlenmenschen leben, in Wirklichkeit ein Vulkan kurz vor dem Ausbruch ist!

In letzter Minute gelingt es ihnen, ihre Freunde zum Umzug zu bewegen. Aus sicherer Entfernung beobachten sie, wie der Vulkan glühende Lava ausspuckt. Anschließend reisen sie mit dem magischen Stein in ihre eigene Zeit zurück und verstecken ihn wie gewohnt im Astloch des einzigen Baums ihres geheimen Treffpunktes …

Der erste Auftrag

Ein Rotkehlchen zwitscherte zwischen den Ästen des Baums in der Mitte des kleinen dreieckigen Hofes. Der Vogel freute sich über die sommerlichen Temperaturen und badete im Sonnenlicht, das aus dem schmalen Himmelsausschnitt hoch oben auf seinen Kopf fiel.

Der Hof lag gut versteckt im ältesten Viertel der Stadt. Lange schon wusste niemand mehr, dass es zwischen den windschiefen Häusern einen Freiraum gab. Keines der Häuser hatte auf dieser Seite ein Fenster, und der einzige Durchgang zu der Gasse draußen war seit Jahren von wildem Gebüsch zugewuchert. So kam es, dass die Ruhe des geheimen Hofes fast nie gestört wurde, außer gelegentlich von einem Vogel …

Und von Maya und Jan!

Das Rotkehlchen verstummte, als es in dem Gebüsch am Eingang plötzlich zu rascheln begann. Vorsichtshalber breitete der Vogel die Flügel aus, bereit zum Abflug, während er beobachtete, was weiter geschah.

Ein Junge mit einer umgedrehten Baseballmütze auf dem Kopf zwängte sich durch die Zweige in den Hof, gefolgt von einem etwas kleineren Mädchen, das einen Stoffrucksack in Form eines Nilpferds auf dem Rücken trug. Die beiden gingen zielstrebig auf den Baum in der Mitte des Hofes zu und ließen sich darunter ins Gras fallen.

Der Vogel beschloss, dass von diesen beiden keine Gefahr ausging, und faltete seine Flügel beruhigt wieder zusammen.

„Ganz schön warm heute", ächzte Jan und lüpfte seine Baseballmütze. „Ich schwitze wie ein Spanferkel."

„Sei froh, dass es endlich wieder warm ist", entgegnete Maya und legte Herkules, den Nilpferdrucksack, neben sich ins Gras. „Als wir neulich unsere Reise in die Eiszeit angetreten haben, sah es nicht so aus, als könnte man mit dem Sommer in diesem Jahr irgendetwas anfangen."

Jan nickte. „Was wollen wir heute unternehmen?", erkundigte er sich und streckte sich auf dem Rücken aus. Durch die Äste des Baumes konnte er

den strahlend blauen Himmelsausschnitt hoch über sich erkennen.

„Wir könnten eine Fantasiereise unternehmen", schlug Maya vor. „Wie früher, als wir den magischen Stein noch nicht hatten. Oder wir machen eine richtige Reise durch die Zeit – mit Stein. Oder wir gehen erst mal zwei Straßen weiter und holen uns ein paar Bällchen Eis ..."

„Der magische Stein!", erinnerte sich Jan. „Ich habe noch gar nicht nachgesehen, ob er noch da ist!" Er sprang auf. Das Rotkehlchen über seinem Kopf bekam es mit der Angst und flüchtete flatternd.

„Wieso sollte er denn nicht da sein?", sagte Maya ruhig. „Das Versteck im Astloch ist völlig sicher. Aber du kannst natürlich gerne nachsehen, wenn du willst ..."

Jan wollte. Er zog sich am Stamm des Baumes hoch und steckte die Hand in das Loch. Als er sie wieder hervorzog, machte er große Augen.

„Maya! Schau mal!" Rasch sprang er nach unten.

„Aber – der Stein leuchtet ja wieder!" Überrascht sah Maya den Stein an, der in regelmäßigen Abständen in rotem Licht erstrahlte. „Genau wie neulich, als er uns in die Zeit der Piraten geholt hat."

„Das rote Glühen war wegen der prallen Sonne von außen kaum zu erkennen", sagte Jan. „Aber was bedeutet das? Meinst du, uns erwartet eine neue Prüfung?"

„Nein", sagte Maya entschieden. „Magnus hätte es uns gesagt, wenn er und die anderen Weisen von Atlantis noch eine Prüfung für uns vorgesehen hätten." Sie schüttelte den Kopf.

„Das heißt also, der Stein will uns diesmal einen richtigen Auftrag erteilen", murmelte Jan. „Wie sagte Magnus noch: Immer, wenn irgendwo in der Zeit eine Situation unser Eingreifen erfordert, sagt der Stein uns das mit seinem Leuchten."

„Richtig", bestätigte Maya. „Wenn es etwas Böses zu verhindern oder eine Gefahr abzuwenden gilt, um die sich die Weisen nach dem Untergang von Atlantis nicht mehr selbst kümmern können."

„Unser erster Auftrag ...", murmelte Jan nachdenklich. „Meinst du, es wird gefährlich?"

„Ich weiß es nicht", gab Maya zu und hängte sich Herkules das Nilpferd über

die Schulter. „Aber die Sieben Weisen haben uns schließlich getestet und befunden, dass wir in der Lage sind, schwierige Aufgaben zu bewältigen." Sie sah Jan an und grinste. „Außerdem wird ja auch Herkules wieder mit von der Partie sein. Du weißt doch: Sobald wir den magischen Stein in seinen Bauch gesteckt haben, damit er sich dort für die Rückreise durch die Zeit aufladen kann, wird Herkules wieder lebendig werden."

„Na, *dann* kann ja nichts schief gehen", erwiderte Jan, ebenfalls grinsend. Er nahm Maya bei der Hand und legte sich die goldene Kette mit dem Amulett um den Hals.

„Sag mal – wieso benutzt eigentlich immer *du* den Stein?", wollte Maya wissen, während um sie herum das begann, was die Kinder mittlerweile das „Marmeladen-Spektakel" nannten: Rotes Licht floss in weichen Wellen aus dem Amulett hervor und umhüllte sie, bis sie sich vorkamen wie in einem riesigen Glas Erdbeermarmelade.

„Keine Ahnung", entgegnete Jan. „Darüber habe ich mir noch keine Gedanken gemacht ... vielleicht funktioniert er bei dir ja gar nicht?"

Das Marmeladenlicht legte sich über die Wände der Häuser, das Gebüsch und den einsamen Baum, und für einige Sekunden sahen Maya und Jan nur noch Rot.

„Nächstes Mal möchte ich es probieren!", verlangte Maya. „Abgemacht?"

„Von mir aus."

Als das Rot sich wieder in den Stein zurückzog, war die Diskussion vorerst vergessen – denn der Hof um Maya und Jan war verschwunden, und mit ihm die ganze Stadt!

Im Land der Pharaonen

„Hoppla, ist das warm hier! Dagegen war es daheim ja richtig frisch." Jan zog mit einer Hand die Kette mit dem magischen Stein vom Hals und reichte sie Maya. Mit der anderen schob er sich die Baseballmütze in den Nacken.

Sie standen in einem langgezogenen, staubigen Tal unter sengender Sonne. Der Sand zu ihren Füßen war so heiß, dass sie seine Hitze durch die Sohlen ihrer Turnschuhe spüren konnten. In der Mitte des Tals, ein gutes Stück entfernt, befand sich eine Stadt. Einfache Gebäude aus Lehmziegeln drängten sich neben hohen, säulenverzierten Tempeln. Die Luft über den Häusern flimmerte vor Hitze.

Jenseits der Stadt, auf der entgegengesetzten Seite des Tals, stieg eine steile Bergkette in die Höhe. Am Fuß der Berge waren Dutzende dunkler Öffnungen zu erkennen, vielleicht Eingänge zu weiteren Behausungen.

„Hast du eine Ahnung, wo wir sind?“, wollte Jan wissen. „Oder *wann?*“

„Noch nicht", gab Maya zu und verstaute den magischen Stein in Herkules' Bauch. „Aber das werden wir schon herausfinden."

Über den heißen Sand marschierten sie los, auf die Lehmhäuser zu. Als sie näher kamen, erkannten sie Menschen zwischen den Gebäuden. Es waren überwiegend Männer, mittelgroß und schmächtig, mit dunklem, welligem Haar. Sie waren in weite, weiße Leinengewänder gekleidet, und manche trugen eine Art Band um den Kopf, offenbar zur Zierde.

Als sie den Stadtrand erreichten, zog Maya Jan hinter einem der ersten Häuser in Deckung. „Wir sollten uns ein bisschen tarnen, wenn wir hier nicht auffallen wollen", flüsterte sie ihm ins Ohr.

Jan musterte ihre bunten T-Shirts, Mayas Jeansrock und seine extraweiten Hosen. „Du hast Recht. Aber wie?"

Doch Maya hatte schon etwas entdeckt. Auf der Rückseite des Hauses waren mehrere weiße Leinentücher zum Trocknen aufgehängt. Sie huschte hinüber und kam grinsend mit zweien davon zurück.

Sie wickelten sich so in die Leinentücher ein, wie sie es von weitem bei den Bewohnern der Stadt gesehen hatten. Ihre Turnschuhe und Socken zogen sie aus und banden sie sich unter den Tüchern an die Gürtel. Maya zögerte kurz, dann nahm sie auch ihre runde Brille ab und steckte sie in Herkules' Bauch. „Mit der Brille würde ich hier auffallen wie ein bunter Hund", erklärte sie.

„Siehst du denn jetzt überhaupt noch etwas?“, erkundigte sich Jan.

„Du weißt doch, ich bin zum Glück nur ein bisschen weitsichtig und brauche die Brille eigentlich nur zum Lesen. Aus Gewohnheit lasse ich sie trotzdem dauernd auf.“ Sie grinste. „Außerdem finde ich, dass ich mit Brille viel erwachsener aussehe. Oder?“

Jan verdrehte die Augen, musste aber ebenfalls grinsen und nickte. Dann folgten sie der Hauptstraße in die Stadt.

In den Straßen herrschte emsiger Betrieb. Vor zahlreichen Lehmhäusern saßen Arbeiter mit Hämmern und Meißeln und schlugen merkwürdige Zeichen in große Steinblöcke. Aus anderen, säulenverzierten Häusern kamen Männer mit wichtigen Mienen

und langen Papierrollen unter dem Arm. Ab und zu begegnete ihnen jemand mit einer seltsam hohen Kopfbedeckung, vor dem die übrigen Fußgänger gehörigen Respekt zu haben schienen. Maya und Jan dagegen schenkte niemand Beachtung.

„Es klappt – wir fallen nicht weiter auf", freute sich Jan leise. „Jetzt wüsste ich allerdings wirklich gerne, wo wir sind."

Maya deutete hinüber zu einem der Steinmetze, der vor seinem Haus einen Steinblock bearbeitete. „Ich glaube, die Schrift dieser Leute gibt uns einen Hinweis darauf", entgegnete sie. „Schau: Die Männer benutzen keine Buchstaben zum Schreiben, sondern Symbole. Ich sehe da einen Vogel, ein Auge, eine Hand, eine gezackte Linie ..."

„Das kenne ich doch!“, murmelte Jan. „Darüber haben wir in der Schule mal gesprochen. Es gab ein Volk, dessen Bilderschrift weltberühmt war, nämlich ...“

„Es heißt Hieroglyphen!“, ertönte plötzlich eine altkluge Stimme hinter ihnen.

Maya und Jan drehten sich um, doch hinter ihnen stand niemand. Erst, als es unter Mayas Leinentuch heftig zu zappeln begann, wussten sie, wer gesprochen hatte.

„Herkules!“, rief Maya und half dem Stoffnilpferd, seine runde Nase unter dem Laken hervorzustrecken.

„Wurde auch Zeit“, keuchte es ärgerlich. „Fast wäre ich erstickt!“

„Reg dich ab“, sagte Jan. „Was hast du eben gesagt?“

„Ich sagte, diese Dinger heißen Hieroglyphen", wiederholte Herkules und deutete auf die Bilderschrift. „Das weiß doch jedes Kind!"

„Ach nein? Und woher weißt *du* es dann?", wollte Jan wissen. „Du bist doch kein Kind, oder?"

„Ich, äh … also, der magische Stein hat's mir geflüstert", gab Herkules kleinlaut zu. „Aber das ist schließlich fast so viel wert, als hätte man es selber gewusst!"

„Natürlich", sagte Maya schmunzelnd.

„Bilderschrift hin, Hieroglyphen her … auf jeden Fall gibt es nur ein Volk, das solche Zeichen benutzt hat", verkündete Jan. „Und das waren die alten Ägypter. Wir sind im Land der Pharaonen!"

Die Totenstadt

„Das heißt, der magische Stein hat uns mehrere Tausend Jahre in die Vergangenheit versetzt", stellte Maya beeindruckt fest.

„3330 Jahre, um genauer zu sein", bemerkte Herkules besserwisserisch.

„Ein paar Jährchen mehr oder weniger vielleicht, aber darauf kommt es ja nicht an."

„Woher weißt du das?", wollte Jan wissen.

„Schon vergessen? Ich weiß alles, was der magische Stein weiß", sagte Herkules mit einem Anflug von Stolz.

„Na ja, sagen wir besser: *fast* alles", berichtigte Maya. „Immerhin hast du bei unserem Abenteuer auf dem Geisterschiff nicht gewusst, dass es sich um einen Test der Sieben Weisen handelte!"

„Ich … äh, weiß alles, was wichtig ist", beharrte Herkules.

„Und *ich* weiß, dass du jetzt besser mal den Kopf einziehst", sagte Jan und stopfte das protestierende Stoffnilpferd zurück unter Mayas Tuch. Der Steinmetz, in dessen Nähe sie die ganze Zeit standen, hatte aufgehört zu meißeln. Misstrauisch starrte er zu ihnen herüber.

„Lasst uns weitergehen", sagte Maya leise und lächelte dem Mann freundlich zu.

Während sie die Hauptstraße entlangschritten, warf Jan immer wieder suchende Blicke über die Dächer der Häuser hinweg.

„Was suchst du denn?", erkundigte sich Maya.

„Na, Pyramiden natürlich!" Jan stellte sich auf die Zehenspitzen und spähte zu den Bergen am anderen Ende der Stadt. „Immerhin sind wir in Ägypten! Ich habe neulich im Fernsehen eine Sendung über dieses Land und seine gigantischen Bauten gesehen ... Vielleicht sind ja welche hinter der Bergkette?"

Ein kleiner Junge, nur mit einem weißen Lendenschurz bekleidet, eilte an ihnen vorüber, in den Armen ein Tongefäß voller Wasser. Jan hielt ihn an der Schulter fest. „Sag mal, wo finden wir denn hier Pyramiden?“, erkundigte er sich.

Jan hoffte, dass die Zauberkraft des magischen Steins dafür sorgen würde, dass sie die Sprache der Ägypter beherrschten. Das war bisher fast an jedem Ort, den sie bereist hatten, so gewesen – und auch diesmal schien es zu klappen!

Doch obwohl ihn der ägyptische Junge offenbar verstanden hatte, sah er ihn mit großen Augen an.

„Die großen Pyramiden sucht ihr?“, fragte er zurück. „Im Tal der Könige gibt es keine. Nur Tempel- und Berggräber.“

„Wir sind also im Tal der Könige." Maya runzelte die Stirn. „Kannst du uns sagen, wie diese Stadt hier heißt?"

Der Junge grinste, als hätte Maya ihn etwas sehr Dummes gefragt. „Natürlich. Dies ist Theben. Man nennt es auch die Totenstadt, weil alles hier sich um die Beisetzung unserer Könige dreht. Daher leben hier überwiegend Arbeiter, Künstler, Priester und Verwaltungsbeamte."

„Also keine Pyramiden", stellte Jan enttäuscht fest.

„Nein", sagte Maya kopfschüttelnd. „Wenn ich mich recht an das erinnere, was ich mal gelesen habe, müssten wir für Pyramiden ein ganzes Stück nach Norden reisen. Bis nach Gizeh, wo die große Pyramide des Cheops steht."

„Bestimmt seid ihr von weither gekommen, um die große Zeremonie heute mitzuerleben?“, unterbrach sie der junge Ägypter.

„Welche Zeremonie?“, wollte Maya wissen.

„Na, die Beisetzung von Tut-Ench-Amun!“ Der Junge spähte zum Himmel und maß am Stand der Sonne ab, wie spät es war. „Entschuldigt mich, ich muss leider weiter. Lebt wohl!“

Damit verschwand er.

„Hast du gehört?“, fragte Maya begeistert. „Heute wird der Pharao Tut-Ench-Amun zu Grabe getragen! Er wurde auch ‚Kindkönig‘ genannt, weil er kaum älter war als wir, als er an die Herrschaft kam! Sein Grab wurde in unserer Zeit berühmt für seine prächtigen Grabbeigaben. Jedes Kind kennt beispielsweise seine prächtige goldene Totenmaske …"

„Ja, ja", nörgelte Jan. „Ich hätte trotzdem gerne Pyramiden gesehen. Da kommt man einmal ins alte Ägypten …"

Nebeneinander marschierten sie die Hauptstraße entlang. Je weiter sie in die Stadt vordrangen, desto deutlicher wurden die Anzeichen dafür, dass hier bald ein großes Ereignis stattfinden würde. Auf den Straßen ging es zunehmend hektischer zu. Gruppen von Schaulustigen drängten in Richtung der Berge hinter der Stadt.

Plötzlich blieb Maya wie angewurzelt stehen.

„Was ist denn los? Warum geht's nicht weiter?" Umständlich wurstelte sich Herkules unter Mayas Überwurf hervor. Auch Jan drehte sich um und machte ein fragendes Gesicht.

Stumm, mit aufgerissenen Augen, deutete Maya auf die andere Straßenseite. Ein Mann in einem schwarzen Kapuzenumhang stand dort vor der Tür eines Hauses. Seine Haltung war gebückt, das Gesicht lag im Schatten seiner Kapuze verborgen. Etwas Dunkles, Gefährliches schien von ihm auszugehen.

„Was ist los?", erkundigte sich Jan.

„Ich ... ach, nichts. „Maya schüttelte benommen den Kopf.

Gegenüber öffnete jetzt ein großer, dunkelhäutiger Mann mit glattem schwarzem Haar die Tür. Er begrüßte seinen Besucher und schüttelte ihm die Hand.

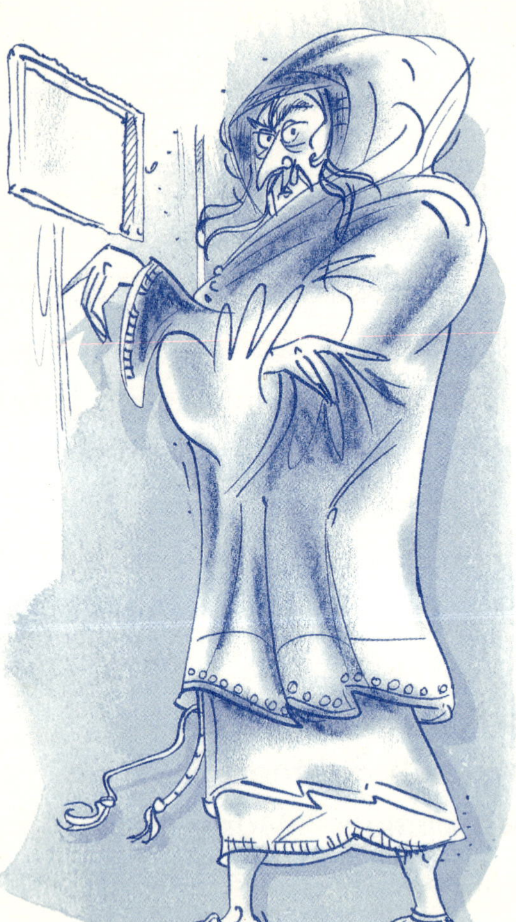

„Ich dachte kurz, dass ... na, dieser Mann mit dem Umhang. Er hat mich an jemanden erinnert." Sie schüttelte abermals den Kopf. „Aber das kann eigentlich nicht sein ..."

In diesem Moment stieß der Mann mit dem schwarzen Umhang ein meckerndes Lachen aus und trat ins Innere des Hauses.

Maya und Jan spürten, wie ihnen trotz der Hitze eine Gänsehaut über den Rücken lief. Denn ihnen wurde klar, dass sie dieses Lachen schon einmal gehört hatten!

„Du hast dich nicht getäuscht", flüsterte Jan. „Wir *sind* diesem Kerl schon einmal begegnet!"

Maya nickte ernst. „Und zwar bei unserer ersten Prüfung im Heiligen Tempel von Atlantis! Dort hat er versucht, uns mit tonnenschweren Felsbrocken und einstürzenden Mauern ins Jenseits zu befördern. Dieser Mann ist Maldorius der Dunkle!"

Heimliche Lauscher

„Maldorius – hier und in dieser Zeit!" Jan schauderte, als er sich an ihre erste Begegnung mit dem Schwarzmagier erinnerte, der einst selbst Mitglied im Rat der Weisen von Atlantis gewesen war.

Damals im Heiligen Tempel hatten Maya und Jan lediglich seinen Schatten um eine Ecke des Ganges gesehen – den Schatten eines gebückten Mannes in einem Kapuzenmantel. Um so deutlicher hatten sie sein schreckliches, meckerndes Gelächter gehört, als er glaubte, die beiden für immer beseitigt zu haben.

Es war dasselbe Lachen gewesen, das sie soeben gehört hatten!

„Wie kommt denn dieser ekelhafte Typ hierher?", wollte Herkules wissen. „Ich dachte, er hätte die Nase voll von bösen Ränken, seit ich euch damals aus dem Tempel rausgeboxt habe ..."

„Seine Anwesenheit hier bedeutet, dass die Befürchtungen der Sieben Weisen eingetreten sind", stellte Maya fest. „Maldorius hat den Untergang von

Atlantis überlebt und das Geheimnis der Zeitreise für sich entdeckt!"

„Und jetzt, da die Sieben Weisen nicht mehr am Leben sind, schert er sich erst recht nicht mehr um die magischen Gesetze. Die verbieten es schließlich jedem Magier, sich selbst durch die Zeit zu transportieren", fügte Jan hinzu. „Aber was will er hier?"

Maya überquerte die Straße und näherte sich dem Haus, in dem Maldorius und der schwarzhaarige Mann verschwunden waren. „Das werden wir herausfinden. Ich bin jedenfalls sicher, Maldorius ist der Grund dafür, dass uns der magische Stein hierher versetzt hat. Ich wette, er heckt etwas Böses aus!"

Gemeinsam umrundeten sie das Gebäude. Es war ein viereckiges Lehmhaus, dessen Dach aus den Stängeln einer bambusartigen Pflanze bestand. Die Fenster waren einfache rechteckige Öffnungen in den Wänden. Sie waren mit Vorhängen verdeckt, Glasscheiben gab es nicht.

Es dauerte nicht lange, dann hatten Maya und Jan ein Fenster gefunden, hinter dem laute Stimmen zu vernehmen waren. Rasch gingen sie auf die Knie und kauerten sich direkt unter dem Loch in der Wand auf den staubigen Boden.

„Keinen Ton jetzt", flüsterte Maya Herkules in ein Stoffohr. „Wenn Maldorius uns erwischt, kommen wir in Teufels Küche!"

Herkules nickte weise und tat so, als zöge er einen unsichtbaren Reißverschluss vor seinem Maul zu.

Angestrengt spitzten sie die Ohren.

„... Ihr Euch auf mich verlassen, Herr", sagte eine tiefe Männerstimme. „Ich weiß aus erster Hand, wie die Kiste aussieht, in dem die Schmuckstücke in das Grab gebracht werden."

Ein schlurfendes Geräusch ertönte, als drehe sich jemand auf dem Absatz um.

„Das will ich hoffen, Phatek. Schließlich bezahle ich dich fürstlich für die Informationen, die du mir als Mitarbeiter des Architekten besorgst!"

Maya und Jan zuckten zusammen – es war, wie sie vermutet hatten: Die krächzende, boshafte Stimme gehörte Maldorius dem Dunklen!

„Ich wünschte, ich wäre ein paar Monate vor diesem elenden Begräbnis hier angekommen", sprach der Schwarzmagier weiter. „Jetzt muss ich abwarten, bis die Juwelen zusammen mit eurem Pharao und dem ganzen anderen Kram im Felsengrab verschwunden sind. Erst dann kann ich gefahrlos versuchen, sie mir zu holen." Er stieß ein unzufriedenes Grunzen aus. „Aber leider habe ich die Kunst der Zeitreise erst vor kurzem erlernt. Ich kann noch nicht genau steuern, wo in der Zeit ich auftauche ..."

„Ich verstehe den Sinn Eurer Worte nicht, Herr", erklärte der Mann namens Phatek verwirrt.

„Das brauchst du auch nicht", entgegnete Maldorius und brach in sein meckerndes Gelächter aus. „Hauptsache, ich bekomme die Klunker! Dann kann ich dieses ekelhaft heiße Land endlich wieder verlassen ..."

„Warum gelüstet es Euch ausgerechnet nach den Juwelen von Heliohapi, Herr? Unser Volk hat so viele andere kostbare Schmuckstücke geschaffen. Einige davon sind weitaus wertvoller als jene Handvoll Edelsteine."

„Pah! Was weißt du schon, du Narr? Es geht nicht nur um den bloßen Wert der Steine! Die Juwelen von Heliohapi, wie ihr Ägypter sie nennt, sind aus einem ganz anderen Grund wichtig für mich – kostbarer als alles, was eure armselige Zeit sonst zu bieten hat. Aber das geht dich nichts an!"

Rasche Schritte durchquerten das Zimmer hinter dem Vorhang. Den heimlichen Lauschern draußen stockte der Atem!

„Genug geredet", bestimmte Maldorius ungeduldig. „Du hast gesagt, die

Juwelen befänden sich in einem Kasten mit einem Schlangenzeichen darauf. Zeichne mir das Symbol auf dieses Stück Papyrus! Sobald die Zeremonie vorbei ist, bringst du mich zu dem geheimen Gang im Gebirge, von dem du mir erzählt hast. Los, zeichne schon!"

„Ja, Herr", sagte Phatek unterwürfig.

Draußen, unterhalb des Fensters, schob Maya ihren Mund dicht an Jans Ohr. „Wir haben genug gehört", flüsterte sie. „Lass uns abhauen."

Hastig erhoben sie sich von dem sandigen Boden. Dabei wirbelten sie unbeabsichtigt eine dichte Staubwolke auf. Sie stieg zwar weder Maya noch Jan in Nase oder Mund, stattdessen erreichte sie aber jemanden, der sich nur auf der Höhe von Mayas Schultern befand.

Nämlich Herkules!

Das Stoffnilpferd riss panisch die Augen auf, als es am Kribbeln in seiner Nase merkte, was passieren würde. Mit seinen Stummelbeinen versuchte es, sich die Nasenlöcher zuzuhalten.

Aber es war zu spät!

„HA-TSCHIII!", nieste Herkules los.

„HA-TSCHIII!"

Und noch einmal:

„HATSCHIII!"

„Was war das?", zischte die Stimme von Maldorius im Innern des Hauses. „Das kam vom Fenster her! Wir werden bespitzelt!"

Polternde Schritte eilten auf die Öffnung zu.

„Los, weg!", keuchte Maya.

So schnell sie konnten, rannten sie los.

„Tut mir Leid", schniefte Herkules kleinlaut, während er auf Mayas Rücken hin und her geschüttelt wurde. „Aber dieser blöde Staub ..."

„Schon gut", keuchte Maya. „Du kannst nichts dafür."

„Bleibt sofort stehen, ihr Spione!", brüllte es hinter ihnen her. Jan warf einen raschen Blick über die Schulter und sah, wie Maldorius wütend mit den Armen aus dem Fenster drohte.

„Nach vorne, auf die Hauptstraße", rief Maya. „Dort können wir zwischen den Zuschauermassen untertauchen."

In diesem Moment knallte eine Tür. Dann erschien vor dem Haus die breitschultrige Gestalt von Phatek. Augenblicklich hatte der Handlanger des

Maldorius die Kinder erspäht und begann, mit Riesensätzen hinter ihnen herzurennen!

Entsetzt eilten Maya und Jan weiter. Sie folgten der Hauptstraße in Richtung Stadtrand.

Phatek holte auf!

Doch Maya und Jan hatten Glück: Als der Verbündete des Zauberers nur noch wenige Dutzend Meter von ihnen entfernt war, erreichten sie den Rand der Menge. Tausende von Menschen drängten sich auf beiden Seiten der Straße und warteten auf den Beginn des Begräbnisses.

Maya und Jan drückten sich zwischen Dutzenden hochgewachsener Ägypter hindurch – und waren vorerst in Sicherheit!

Das Begräbnis

„Das war knapp", flüsterte Maya und machte sich zwischen den Erwachsenen ringsum möglichst klein. „Hier findet er uns nie."

„Was meinst du, was er mit uns gemacht hätte?“, wollte Jan schwer atmend wissen.

„Na, zunächst mal hätte er uns zu Maldorius geschleppt. Und der hätte uns entweder gleich das Fell über die Ohren gezogen, weil wir ihn belauscht haben, – oder er hätte uns sogar als seine beiden Gegner aus dem Tempel von Atlantis wiedererkannt! Und *dann* …“

Schmetternde Hörnerklänge unterbrachen sie. Maya und Jan drängten sich nach vorne zur Straße, um sehen zu können, was sich dort abspielte.

Die Straße vor ihnen führte in direkter Linie zu den Bergen hinüber. Zwischen Tempeln und säulengeschmückten Grabmälern war dort ein Eingang zu erkennen, der in den Berg hineinführte. Er war mit prunkvollen Statuen und Tafeln voller Hieroglyphen verziert.

Eine lange Gefolgschaft von Wagen und Fußgängern hatte sich vom Stadtrand in Richtung Grabeingang in Bewegung gesetzt. Angeführt wurde der Zug von einem Wagen, vor den vier Ochsen gespannt waren. Auf ihm standen mehrere Männer mit den hohen, gebogenen Kopfbedeckungen, die Maya und Jan schon vorher gesehen hatten.

„Das scheinen Priester zu sein", flüsterte Maya Jan ins Ohr.

Dahinter folgten Dutzende dunkelhäutige, glatzköpfige Männer in Lendenschurzen. Auf ihren Schultern schleppten sie große Kisten, vergoldete Tierfiguren, dicke Ballen mit Stoff und riesige Weinkrüge aus Ton.

„Wozu brauchen die das denn alles?", wunderte sich Jan. „Ich denke, hier wird einfach jemand beerdigt?"

„Diese Dinge werden zusammen mit dem Toten ins Grab gelegt", erklärte Maya. „Die Ägypter glaubten an ein Leben nach dem Tod. Und in ihrem zweiten Leben sollten die Könige alles bei sich haben, was man so braucht."

Auf der Straße zogen weitere Wagen dahin, manche von Ochsen gezogen, andere von kräftigen Männern. Sie waren ebenfalls mit Kisten und Truhen beladen, von denen einige offen standen. Im Innern glitzerten Schmuck und Edelsteine.

Schließlich kam ein besonders prunkvolles Gefährt in Sicht. Auf seiner Ladefläche lag ein länglicher goldener Kasten, der wie ein Sarg geformt war.

Seinen Deckel zierte das kunstvolle Abbild des jungen Pharaos.

In diesem Moment kam Unruhe in die Zuschauermenge. Zuerst glaubten Maya und Jan, dass dies an der Aufregung läge, die der Anblick des Königssarges hervorrief. Doch der wahre Grund war ein anderer:

Vom Rand der Menschenmenge pflügte sich Phatek, der breitschultrige Diener von Maldorius, einen Weg durch die Masse! Er hatte seine Suche offenbar noch längst nicht aufgegeben.

„Verflixt, er hat uns gesehen! Wir müssen hier weg!" Hastig zog Jan Maya hinter sich her. Sie quetschten sich zwischen den Umstehenden hindurch, fort von ihrem Verfolger. Doch inmitten des Gedränges kamen sie viel zu langsam voran.

Hektisch sah Jan sich um. Er deutete auf einen Abschnitt der Straße, wo die Menschen weniger dicht standen. Ein zweistöckiges Gebäude mit Säulen aus Sandstein ragte dort in die Höhe. „Vielleicht können wir uns da irgendwo verstecken?"

Keuchend umrundeten die Kinder das Haus. Auf seiner Rückseite befand sich eine schmale Holztür. Als Jan dagegendrückte, gab sie nach!

Blitzschnell huschten Maya und Jan durch die Öffnung und schlossen die Tür hinter sich – im letzten Moment, denn schon näherten sich draußen eilige Schritte!

Atemlos musterten sie den großen, halbdunklen Raum, in den sie gestolpert waren. Mehrere längliche Holzkisten standen in einer ordentlichen Reihe auf dem Boden. Maya hob den Deckel einer davon an.

„Hier hinein! Sonst sieht Phatek uns, wenn er durch die Tür schaut!"

„Was ist da drin?"

„Obst – Datteln, Feigen und ein paar Melonen, glaube ich. Los, es ist noch genug Platz!"

Einen Augenblick später waren Maya und Jan in der Kiste verschwunden und hatten den Deckel über ihren

Köpfen zugezogen. Dunkelheit umfing sie.

Dann hörten sie, dass draußen die Tür geöffnet wurde!

Zögernde Schritte ertönten im Raum. Jemand ging langsam zwischen den Kisten entlang. Plötzlich ertönte ein Knirschen.

„Er hat eine Kiste geöffnet und schaut hinein“, flüsterte Maya.

Wieder erklangen Schritte, dann erneut ein Knirschen.

„Wenn er so weitermacht, entdeckt er uns“, zischte Jan.

In diesem Augenblick wurde mit einem polternden Geräusch eine Tür am anderen Ende des Raumes aufgestoßen. Eine tiefe, unfreundliche Stimme ertönte: „Wer seid Ihr denn? Was habt Ihr hier zu schaffen?“

Sie hörten, wie Phatek nervös etwas vor sich hinstammelte und sich dann rasch entfernte.

„Was war hier los, Ylbis?“, fragte ein weiterer Mann, der ebenfalls den Lagerraum betreten hatte.

„Ich glaube, ich habe gerade einen Dieb überrascht“, antwortete der Erste, Unfreundliche mit Namen Ylbis. „Aber er ist geflohen. Jetzt lass uns zusehen, dass wir die letzten Kisten nach draußen kriegen!“

Die Schritte der zwei Männer näherten sich, dann wurde das Behältnis, in dem Maya und Jan hockten, ruckartig angehoben!

„Oh verdammt!“, fluchte Ylbis. „Ist das Ding vielleicht schwer!“

„Ist ja auch voller guter Sachen“, erwiderte der andere. „Los geht's!“

Und damit trugen sie die Kiste davon.

Ein unglückliches Versteck

Die wilde Schaukelei dauerte minutenlang an. Maya und Jan wurden unsanft zwischen Datteln und Melonen hin und her geworfen. Außerhalb der Kiste waren die Stimmen vieler

Menschen und vereinzelte Hörnerklänge zu hören, während Ylbis und sein Kumpan die Kiste durch die bevölkerten Straßen trugen.

„Sollen wir klopfen und uns bemerkbar machen?“, wollte Jan leise wissen.

„Lass uns lieber abwarten“, entgegnete Maya. „Es könnte sein, dass Phatek und Maldorius noch in der Nähe herumstreichen. Sie würden uns entdecken, wenn wir jetzt herauskämen.“

„Okay.“

Irgendwann, Jan wurde allmählich übel von der Schaukelei, war die Reise beendet. Unsanft setzten die Träger die Kiste ab. Für kurze Zeit waren die Schritte zahlreicher Menschen ringsum zu hören. Dann wurde es still.

Sehr still.

Maya und Jan warteten.

Allmählich wurde die Luft im Innern der Kiste knapp. Drückend heiß war es ohnehin schon.

Nichts geschah.

„Irgendwie sagt mir mein Nilpferdverstand, dass es keine allzu gute Idee war, sich in dieser Kiste zu verstecken!" Herkules' piepsige Stimme klang im Innern der engen Kiste dumpf und laut. „Hättet ihr euch nicht woanders verkriechen können?"

„Es ging um Sekunden", verteidigte sich Maya. „Aber ich denke, wir können allmählich mal einen Blick nach draußen riskieren. Es scheint niemand mehr in der Nähe zu sein."

Jan hob den Deckel an. Vorsichtig spähten sie hinaus.

Draußen herrschte flackerndes Halbdunkel. Irgendwo in der Nähe schien ein Feuer zu brennen.

Die Kiste stand in einem kleinen, rechteckigen Raum. Ringsum waren unzählige weitere Truhen und Kästen aufgebaut, außerdem Weinkrüge und vergoldete Tierfiguren, Waffen und Schalen voller Früchte und Schmuck.

„Wow! So viele Kostbarkeiten habe ich noch nie auf einem Haufen gesehen", entfuhr es Jan. Als ihm dämmerte, was dies bedeutete, verstummte er erschrocken.

„Hab ich's euch nicht gesagt", polterte Herkules. „Eine sagenhaft blöde Idee. Das habt ihr jetzt davon!"

Maya klappte den Deckel ganz auf. „Kein Zweifel", murmelte sie. „Die haben uns mitsamt den Grabbeigaben in die Gruft von Tut-Ench-Amun gebracht!"

In der Gruft des Pharaos

Eine einzelne Fackel steckte in einer der bunt bemalten Wände des kleinen Raums und verbreitete unruhiges Licht. Es gab keine Fenster, nur einen schmalen Durchgang in einer Wand.

„So ein Mist", murmelte Jan, als er aus der Obstkiste stieg. „Wir müssen zusehen, dass wir hier wieder herauskommen!"

„Falls das noch möglich ist", entgegnete Maya düster. „Dass wir ganz allein sind, kann nur bedeuten, dass die Zeremonie beendet ist."

„Und das heißt?"

„Das hieße, dass die Gruft versiegelt und für immer verschlossen wäre!"

„Oh." Jan schluckte und sah sich unbehaglich in der dämmrigen Kammer um. „Na ja ... aber wir haben doch noch den magischen Stein. Wir könnten ihn nehmen und nach Hause abhauen, oder?"

Maya warf Herkules über ihre Schulter einen fragenden Blick zu. „Könnten wir?"

„Nöö", sagte Herkules.

„Was heißt ‚nöö'?", erkundigte sich Jan beunruhigt.

„‚Nöö' heißt so viel wie: ‚noch nicht'", erklärte das Stoffnilpferd genervt. „Ihr wisst doch, dass der Stein eine Weile braucht, um seine magischen Energien wieder aufzuladen. In einer halben Stunde – oder etwas mehr – dürfte er wieder soweit sein."

„Ein Glück!", entfuhr es Jan. „Aber lasst uns trotzdem nach dem Ausgang suchen. Vielleicht ist das Grab ja noch gar nicht zu?"

Sie traten durch die Wandöffnung und gelangten in einen weiteren Raum, ebenfalls von Fackeln erleuchtet und etwas größer als der erste. Auch seine Wände waren mit prächtigen ägyptischen Malereien verziert. In einer Ecke stand ein großer, länglicher Kasten aus Stein. Er war mit einer schweren Platte verschlossen.

„Der Sarkophag des Pharaos", flüsterte Maya.

„Der *was?*" Jan musterte den Steinklotz fragend.

„Ein Sarkophag ist eine Art Außensarg. Dort drin liegt jetzt der goldene Prachtsarg, den wir vorhin gesehen haben."

„Und in dem wiederum liegt der Pharao!", fügte Jan nickend hinzu. „Oder besser: seine Mumie! In dieser Fernsehsendung, die ich neulich sah, wurde erklärt, wie sie solche Mumien herstellten ..."

„Na, wie schon", maulte Herkules, dem das unheimlich flackernde Licht und die Nähe zu einer Mumie nicht sonderlich behagten. „Ein paar Rollen Toilettenpapier drum herum wickeln und fertig!“

„So einfach war es eben nicht“, widersprach Jan, während sie die Grabkammer durch einen zweiten Durchgang verließen. „Die Mumifizierung konnte bis zu 70 Tage dauern! Mit Salz entzogen die Ägypter dem Leichnam zunächst alle Flüssigkeit. Sie entnah-

men seine Organe und wickelten ihn in unzählige Schichten von Stoff, der mit Ölen und Salben getränkt war. Durch eine geheime Rezeptur, die sogar die Wissenschaftler unserer Zeit noch verblüfft, wurde der Körper für Jahrtausende haltbar gemacht."

Maya nickte zustimmend und blieb stehen. „Wohin jetzt?"

Sie waren in einem Vorraum angekommen. In seiner Mitte standen mehrere Streitwagen, wie sie von den Ägyptern im Krieg benutzt wurden.

„Mensch, die Gruft des Königs ist aber ganz schön unübersichtlich", murmelte Jan.

In jeder der vier Wände gab es einen Durchgang. Der zur Grabkammer, aus dem sie kamen, wurde von zwei mannsgroßen Steinstatuen bewacht.

Die Öffnung zur Linken war groß und halbrund und schien in einen Korridor zu führen. Die restlichen beiden waren schmaler und unterschieden sich in nichts voneinander.

„Lasst uns nach links gehen", schlug Jan vor. „Vielleicht führt dieser Tunnel ja zum Ausgang?"

Sie folgten dem Flur hinter dem Durchgang, der in regelmäßigen Abständen von Fackeln erhellt wurde. Schließlich endete er an einer aufwärts führenden Treppe.

„Hurra!" Jan stürmte voran, die Stufen empor. Nach wenigen Schritten blieb er jedoch enttäuscht stehen.

Ein riesiger Felsklotz blockierte den Treppenaufgang. Er passte so genau in die Öffnung, dass am Rand nicht die kleinste Ritze blieb.

„Sackgasse", quäkte Herkules.

„Wie ich vermutet habe", sagte Maya. „Sie haben das Grab versiegelt!"

Jan betastete den Felsblock. „Der wiegt Tonnen. Den bewegt nichts mehr von der Stelle."

„Wie haben sie dieses Ding bloß hier heruntergeschafft?", wunderte sich Maya.

„In den großen Pyramiden gab es einen Trick, wie man die Grabkammern nach der Beisetzung eines Pharaos verschließen konnte", erklärte Jan. „In der Sendung, die ich sah, wurde beschrieben, wie es ging: Schon während des Baus wurden riesige Steinblöcke in die Decke der Tunnel eingebaut, deren Gewicht auf kleinen sandgefüllten Kammern lastete. War die Mumie drinnen, zogen die Priester einen Stöpsel. Der Sand rann unten heraus, der Steinblock senkte sich und – *zack*: Der Gang war dicht!"

Maya betrachtete den Steinblock und nickte. „So könnte das auch hier gemacht worden sein. Schau, am Fuß des Klotzes liegt feiner Sand."

„Tja, auch Fernsehen kann manchmal nützlich ..."

Ein durchdringendes, schabendes Geräusch hinter ihnen ließ Jan verstummen. Es kam vom anderen Ende des Ganges! Er fuhr herum.

„Was ... was war das? Kam das etwa aus der Grabkammer?"

„Es klang, als ob Stein über Stein knirschte", gab Maya leise zurück.

„Aber wir sind doch allein hier drin, oder etwa nicht?"

Herkules verkroch sich blitzartig unter Mayas Gewand. „Allein bis auf die Mumie!“, quiekte er.

Der ungebetene Gast

Verunsichert starrten Maya und Jan den Gang entlang.

„Wenn Herkules nun Recht hat?“, flüsterte Jan.

„Der Pharao ist tot“, erklärte Maya kopfschüttelnd. „Er *kann* keine Geräusche mehr machen.“

„Tut-Ench-Amun ist sauer, weil jemand seine Totenruhe stört!“, unkte Herkules unter dem Leinentuch. „Deshalb ist er wieder auferstanden, um die Störenfriede …“

„Das glaube ich erst, wenn ich es sehe“, unterbrach ihn Maya. „Komm, wir schauen uns das mal näher an. Aber leise!“

Auf Zehenspitzen schlichen sie den Gang zurück. Sie waren erst einige Meter weit gekommen, da hörten sie vor sich ein weiteres Geräusch.

Hastige, tapsende Schritte!

„Da ist jemand, kein Zweifel“, hauchte Maya.

„Die Mumie des Pharaos“, zischelte Herkules.

„Halt die Klappe“, befahl Jan flüsternd.

Als sie in den Vorraum mit den Streitwagen zurückkamen, hob Maya einen Zeigefinger an die Lippen. Leises Klimpern ertönte aus einem der beiden schmalen, schmucklosen Torbögen.

Nachdem sie einige Augenblicke gelauscht hatten, beschlossen sie, es mit dem Durchgang geradeaus zu versuchen. Vorsichtig steckten sie die Köpfe hindurch.

Hinter dem Torbogen, auf der anderen Seite einer dicken Mauer, lag eine kleine Kammer. Auch hier flackerte eine einzelne Fackel und erhellte Truhen, Krüge und goldene Figuren.

Vor diesen Kostbarkeiten, den Rücken Maya und Jan zugewandt, stand eine dunkle Gestalt in einem langen, schwarzen Umhang! Vornübergebeugt wühlte sie in einer Kiste mit

Schmuck. Achtlos purzelten Juwelen, Ketten und Ringe auf den Steinboden.

„Plunder! Tand! Zur Hölle mit Phatek und seinen Informationen!“, knurrte die Gestalt. „Die Juwelen müssen irgendwo anders versteckt sein.“

Bevor Maya und Jan etwas unternehmen konnten, drehte sich die Gestalt um.

Es war Maldorius der Dunkle!

Die Juwelen der Macht

Für einen Moment standen die Kinder und der Magier wie vom Donner gerührt voreinander. Die Kapuze des Zauberers war zurückgeschlagen, und zum ersten Mal konnten Maya und Jan sein Gesicht erkennen.

Maldorius der Dunkle machte seinem Namen alle Ehre: Er hatte glattes, schwarzes Haar, und zwei dunkle Bartstreifen verliefen von seinen Ohren über seine Wangen, um sich an seinem Kinn zu vereinen. Auch seine Augen waren schwarz. Die buschigen Brauen stießen über der Nase zusammen, ein durchgehender Strich, der sich nun ärgerlich verzog.

„Wer zum … zwei Kinder?", krächzte der Zauberer erstaunt. Er machte einen drohenden Schritt auf Maya und Jan zu. „Und wie mir scheint, nicht *irgendwelche* Kinder? Ihr seid die beiden Spione, die Phatek und mich belauscht haben!"

Unvermittelt hielt er inne. Sein Kopf zuckte hin und her, und es schien, als schnüffele er mit der Nase in der abgestandenen Luft der Gruft herum. „Ihr seid keine normalen Kinder!", stieß er dann hervor. „Eine Ausdünstung magischer Energie geht von euch aus." Er verengte die Augen zu Schlitzen.

Dann begann er plötzlich zu lachen! „*Jetzt* begreife ich: Ihr seid Magnus' kleine Helfer! Das ist die einzige Erklärung, wie ihr hierher kommt und wieso ihr so entsetzlich nach weißer Magie stinkt! Habe ich Recht?"

Maya und Jan nickten vorsichtig.

„Erstaunlich. Fast so erstaunlich wie die Tatsache, dass ihr damals meinen Fallen im Tempel von Atlantis entkommen konntet ... Dennoch war es eine närrische Idee von Magnus, ausgerechnet zwei Kinder hinzuzuziehen, um die Welt vor mir zu beschützen – dem bösen, bösen Maldorius!" Er lachte meckernd. „Und so überflüssig! Schließlich tue ich keiner Fliege etwas zuleide. König Tut-Ench-Amun zum Beispiel war schon längst tot, bevor ich hier ankam, wisst ihr?“

Maya erholte sich als Erste von ihrem Schrecken und stemmte erbost die Hände in die Hüften. „Dass Sie so harmlos sind, können Sie ihrer Großmutter erzählen! Was hat es mit diesen Juwelen auf sich, nach denen Sie suchen? Ich wette, es steckt nichts Gutes dahinter! Und wie sind Sie eigentlich in diese Gruft gekommen? Wohl kaum in einer Kiste mit Früchten?“

Maldorius starrte sie ärgerlich an. „Das sind eine Menge Fragen, kleine Heldin“, knurrte er. „Die Letzte hättest du dir längst selbst beantworten kön-

nen, wenn du deine Augen aufgemacht hättest!"

Jetzt erst erkannten Maya und Jan hinter dem Magier eine rechteckige Öffnung in der Wand der Kammer. Ein schmaler Tunnel schlängelte sich von dort in die Dunkelheit.

„Ein Geheimgang", rief Jan. Als er die steinerne Platte sah, die neben der Öffnung auf dem Boden stand, fügte er hinzu: „Und die Steintür hat das Knirschen verursacht, das wir gehört haben!"

„Den Geheimgang hat Phatek Ihnen gezeigt", stellte Maya fest. „Als Mitarbeiter des Architekten dieses Grabes kannte er ihn natürlich ..." Sie runzelte die Stirn. „Aber wozu brauchten Sie überhaupt einen Geheimgang? Wieso haben Sie nicht einfach Ihre Magie genutzt, um sich Zugang zu verschaffen?"

Maldorius stieß ein wütendes Schnauben aus. „Ich weiß zwar nicht, was euch das anginge, aber aus Gründen, die ich selbst nicht ganz verstehe, wirkt in den seltsamen Gräbern und

Pyramiden der Ägypter keinerlei Magie! Vielleicht wegen den tonnenschweren Steinmassen, die sich darüber auftürmen, was weiß ich?" Er richtete sich auf und starrte Maya und Jan aus seinen schwarzen Augen unheilvoll an. „Genug geplaudert jetzt! Ich muss ..."

„... die Juwelen von Heliohapi finden", ergänzte Maya.

Maldorius stutzte, dann machte er eine wegwerfende Handbewegung. „Pah! Diesen Namen benutzen nur die dummen Ägypter. Sie haben die sechs himmelblauen Edelsteine vor Jahren in einem ihrer Bergwerke ausgegraben, zusammen mit Dutzenden anderer, gewöhnlicher Klunker. Sie ahnten nicht, welche unvorstellbare magische Kraft in ihnen wohnt. Die Sieben Weisen von Atlantis sollten sie Jahrtausende später nutzen, um daraus ihre Juwelen der Macht herzustellen!"

Maya und Jan sahen sich verwirrt an. „Juwelen der Macht?", wiederholte Maya.

Maldorius warf seinen Umhang zurück und lachte schallend. „Da seht ihr, wie gut der alte Magnus euch vorbereitet hat! *Nichts* wisst ihr! Nicht einmal, woher die Sieben Weisen ihre Zauberkraft nahmen – die Kraft, mit der sie sogar mich einst besiegen konnten!"

Als er die verdutzten Gesichter der Kinder sah, fuhr Maldorius triumphierend fort: „Magnus hat euch verschwiegen, dass die Quelle seiner Kraft sechs Edelsteine waren. Die Juwelen der Macht! Diese Juwelen wirken wie ein gewaltiger Speicher magischer Kraft –

ein Speicher, der niemals leer wird! Aus ihm speisten die Weisen ihren Spiegel der Vorsehung, mit dem sie in die Zukunft sehen konnten. Mithilfe der Juwelen holten sie euch zu sich nach Atlantis, mit ihnen taten sie alles, was magische Kraft erforderte."

„Magnus hatte in der Eile gar keine Zeit, uns alles über sich und seine Insel zu erzählen", nahm Maya den ältesten Weisen in Schutz. „Immerhin stand der Untergang von Atlantis bevor. Es gab wichtigere Dinge zu besprechen!"

„Aber wie kommen die Juwelen denn hierher, ins alte Ägypten, wenn sie doch aus dem Besitz der Atlanter stammen?", murmelte Jan verwirrt.

Der Schwarzmagier blitzte ihn mit seinen schwarzen Augen an. „Eine berechtigte Frage", kicherte er. „Und dennoch dumm! Aber da ich euch sowieso umbringen werde, kann ich es dir ebenso gut erklären." Er grinste böse, bevor er weitersprach: „Wir befinden uns hier Jahrtausende *vor* der Zeit von Atlantis! Zu diesem Zeitpunkt befinden sich die Steine noch in Ägypten, wo sie ausgegraben wurden. Erst später werden sie über verschlungene Wege nach Atlantis gelangen, wo man erstmals ihre wahre Macht erkennen wird ... oder sagen wir lieber: Sie würden nach Atlantis gelangen, wenn ich sie mir jetzt nicht holte!"

„Sie wollen die Juwelen bereits hier stehlen, weil sie nach dem Untergang von Atlantis auf dem Grunde des Ozeans liegen werden", erkannte Maya fassungslos. „Denn dort würden Sie nie an sie herankommen!"

„Hmm, du bist offenbar nicht ganz so dumm wie die meisten Kinder", grunzte Maldorius. „Genau so ist es! Hier kann ich mir die Juwelen problemlos holen – und mit ihrer Hilfe werde ich zum mächtigsten Wesen, das je auf Erden gelebt hat! Meine magischen Kräfte werden so gewaltig sein, dass sich mir niemand mehr in den Weg stellen kann! Ich werde einen Unsterblichkeitszauber über mich selbst sprechen und diesen Planeten dann für immer regieren, über alle Zeitalter hinweg!"

Der Schwarzmagier lachte grässlich, bevor er sich mit gierigem Blick zu den Schatzkisten umdrehte. „Hätte Phatek, dieser Hund, mir bessere Informationen besorgt, dann hielte ich die Steine jetzt schon in meinen Händen", knurrte er. „Aber sie müssen in einer anderen

Kammer sein!" Er machte Anstalten, den Raum zu verlassen.

Maya musste schlucken, als sie sich vorstellte, was geschähe, wenn es Maldorius gelänge, seinen wahnsinnigen Plan in die Tat umzusetzen! Auch Jan sah sie von der Seite entsetzt an. Beiden war klar, dass sie das Vorhaben des bösen Zauberers verhindern mussten.

Blieb nur eine Frage: *Wie?*

„Platz da, ihr Würmer! Ich muss sie finden!", zischte Maldorius. Er krümmte seinen spinnenartigen Finger und versuchte, Maya und Jan zu packen.

Rasch wichen die beiden in den Vorraum zurück, wo die Streitwagen standen. Als Maldorius ihnen mit staksenden Schritten folgte, eilten sie durch den zweiten der beiden schmalen Durchgänge.

Dort lag wiederum ein von Fackeln erleuchteter Raum. Er war viel kleiner als die bisherigen und so vollgestopft mit Grabbeigaben, dass Maya und Jan hinter dem Durchgang gerade genug Platz fanden, um zu stehen.

Rasch sahen sie sich um. Inmitten bunt bemalter Tonkrüge stand eine bläuliche Kiste mit einem gebogenen Schlangensymbol darauf! Neben der Tür erkannte Maya außerdem einen kurzen Stab in der steinernen Wand, der aussah wie eine noch nicht angezündete Fackel. Doch als auf der anderen Seite der Türöffnung der drohende Umriss des Zauberers erschien, achtete sie nicht weiter darauf.

Maldorius blieb jenseits der meterdicken Steinwand stehen und starrte an den Kindern vorbei ins Innere der engen Kammer. „Da ist sie ja! Die Juwelenkiste!", rief er gierig. „Kschsch, sofort raus da! Macht mir Platz, ihr könnt mich ohnehin nicht aufhalten!"

Als Maya und Jan keine Anstalten machten, die Kammer zu verlassen, runzelte Maldorius boshaft die Stirn. „Na schön. Eigentlich wollte ich euch lange genug am Leben lassen, um meinen Triumph mitzuerleben. Aber wenn ihr es unbedingt darauf anlegt, kann ich euch auch gleich den Hals umdrehen …"

Er ließ eine Hand unter seinem Umhang verschwinden. Als sie wieder zum Vorschein kam, hielt sie ein dünnes, gebogenes Messer. „Auch wenn meine Magie hier ohne Wirkung ist – mit lästigen Störenfrieden wie euch werde ich auch so fertig!"

Er hob drohend seinen Dolch. Panisch sah sich Maya in der winzigen Kammer um. Doch es gab nichts, womit sie sich hätten verteidigen können.

Jan hatte während der letzten Sekunden immer wieder den merkwürdigen Stab gemustert, der neben dem Durchgang aus der dicken Wand ragte. Nun machte er einen raschen Schritt vorwärts.

„Ich weiß zwar nicht, ob es funktioniert“, rief er, „aber uns bleibt keine andere Möglichkeit!“

Er streckte die Hand aus und drückte den Stab, der in Wirklichkeit ein Hebel war, nach unten.

Ein Knirschen ertönte. Plötzlich ergoss sich feiner Sand aus Öffnungen im Türrahmen auf den Boden. Maldorius stieß einen heiseren Schrei aus und warf sich nach vorne, auf den Eingang der Kammer zu – aber er war nicht schnell genug!

Mit erstaunlicher Geschwindigkeit senkte sich ein riesiger Steinblock aus der Decke über dem Durchgang und verschloss die Kammer mit einem dumpfen Schlag!

Ein- oder ausgesperrt?

Mit großen Augen starrte Maya den Felsblock an. Er passte exakt in den Durchgang! Als sie vorsichtig mit der Hand dagegen drückte, bewegte er sich um keinen Millimeter.

„Wow“, flüsterte Jan beeindruckt. „Wer hätte gedacht, dass es *so* gut funktioniert?“

„Wie … wie konntest du das wissen?“, fragte Maya verwundert.

„In den anderen beiden Schatzkammern waren ähnliche Hebel neben den Toren“, erklärte Jan. „Und als wir vorhin am Grabeingang vor so einem abgesenkten Steinblock standen, kam mir die Idee, dass diese Hebel in jedem Raum eine ähnliche Vorrichtung in Bewegung setzen könnten.“

Jenseits des tonnenschweren Steins hörten sie jetzt ein wütendes Kreischen. Der dicke Fels dämpfte es, dennoch konnten sie die Worte des Zauberers auf der anderen Seite verstehen.

„Ihr elenden Würmer!“, keifte Maldorius. „Ihr dreckigen kleinen Ratten!

Dafür werdet ihr büßen!" Ein leises Klopfen, eigentlich mehr ein Picken, erklang, als Maldorius offenbar mit ganzer Kraft auf den Steinblock einschlug.

„Geben Sie sich keine Mühe, Maldorius!", rief Jan so laut, dass Maya sich neben ihm die Ohren zuhalten musste. „Dieser Felsen kann durch nichts mehr bewegt werden. Es sei denn, vielleicht durch Magie – aber die funktioniert hier drinnen ja glücklicherweise nicht! Die Juwelen der Macht sind hier so sicher wie in Abrahams Schoß!"

Es pickte und klopfte noch ein wenig weiter, dann trat Ruhe ein.

„Nun gut. Ihr habt mich hereingelegt! Die Juwelen sind für mich verloren", ertönte die Stimme Maldorius' erneut. „Ihr habt nur eine entscheidende Kleinigkeit vergessen: *Ich* befinde mich auf der Seite des Steinblockes, von wo ein geheimer Gang zurück in die Freiheit führt. *Ihr* hingegen sitzt in einer luftdicht versiegelten Kammer ohne Ausgang fest! Das wird mein Trost sein, wenn ich in meine Zeit zurückkehre. Ich werde mich an dem Gedanken erfreuen, wie ihr da drinnen jämmerlich verhungert und verdurstet seid – falls ihr nicht vorher erstickt!"

Sein hämisches Gelächter wurde rasch leiser, offenbar entfernte sich Maldorius durch den Geheimgang.

„Ähm, Leute – ich sage es euch nur ungern", meldete sich Herkules zu Wort und streckte seinen Kopf unter Mayas Gewand hervor. „Aber der Widerling hat nicht ganz Unrecht!" Er deutete in den winzigen Raum und auf die

brennende Fackel an der Wand. „Die Flamme wird das bisschen Sauerstoff in diesem Zimmer bald völlig aufgebraucht haben. Und dann …"

„… werden wir nicht mehr hier sein!", beendete Maya den Satz für ihn.

„Hä?" Jan und Herkules sahen sie verwirrt an.

Maya befreite Herkules aus ihrem Leinentuch und tippte auf seinen Bauch. „Weil wir nämlich schon längst mit dem magischen Stein in unsere Zeit zurückgekehrt sein werden!"

„Aber du hast doch gehört, was der Typ gesagt hat", fuhr Herkules auf. „Hier drinnen funktioniert keine Magie! Sonst hätte er den Felsen mit einem Zauberspruch ja mir nichts, dir nichts ..."

„Ach? Hier drin funktioniert also keine Magie?", erkundigte sich Maya grinsend. „Und wie kommt es dann, dass du nach wie vor mit uns sprechen kannst?"

„Ich ... das, äh ..." Herkules sah verwirrt von Maya zu Jan und zurück zu Maya. „Ich habe, ehrlich gesagt, keine Ahnung", gab er zu.

„Es stimmt!", entfuhr es Jan. „Die Magie des Steins ist immer noch aktiv! Wie kann das sein?"

„Ich bin mir nicht sicher", erwiderte Maya und nahm Herkules von ihrem Rücken. „Aber ich glaube, es hat etwas mit dem Unterschied zwischen guter und böser Zauberei zu tun, die ja auch weiße und schwarze Magie genannt wird. Weiße, also gute Magie, funktioniert immer und überall. Schwarze Magie, also die böse Kraft von Maldorius, ist schwächer und anderen Gesetzen unterworfen. Offenbar ist sie von verschiedenen Dingen beeinflussbar – zum Beispiel von einer tonnenschweren Steindecke, wie sich gerade eine über unseren Köpfen befindet."

„Oh Mann", sagte Jan erleichtert. „Und ich hatte schon befürchtet, dass

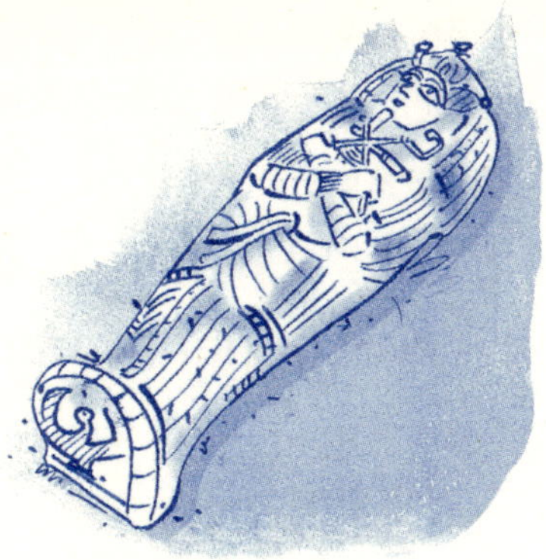

die Forscher in ein paar Tausend Jahren außer der Mumie Tut-Ench-Amuns hier noch die Knochen von zwei Kindern finden würden ..." Er stockte und wurde plötzlich wieder etwas blasser. „Aber was, wenn der Stein nun immer noch nicht ganz aufgeladen ist? Was, wenn er dafür noch eine Weile braucht – und wir hier drin in der Zwischenzeit jämmerlich ersticken?"

„Keine Panik“, sagte Herkules. „Der Stein ist aufgeladen bis zum Anschlag, bereit zum Durchstarten.“

„Gott sei Dank!“ Erleichtert sah sich Jan ein letztes Mal in der Kammer um. „Was meinst du?“, wollte er dann von

Maya wissen. „Sollen wir uns die Juwelen mal anschauen, bevor wir verschwinden?"

Herkules' Augen begannen plötzlich zu glänzen. „Eine Spitzenidee!", rief er. „Wir könnten sie probeweise auch mal anfassen, oder?" Gierig streckte er seine kurzen Stummelbeine nach der Kiste aus. „Vielleicht macht mich die Zaubermacht der Steine ja dauerhaft lebendig! Oder megastark ... Stellt euch das vor: Herkules, das Supernilpferd! Komm schon, komm schon, ein Stückchen näher, nun mach die Kiste schon auf ..."

Jan starrte Herkules verdutzt an. Dann zog er hastig die Kette mit dem magischen Stein aus dessen Bauch hervor und legte sie sich um den Hals. „Vorschlag abgelehnt!", stellte er klar.

Maya grinste und ergriff seine Hand. „In dieser versiegelten Kammer werden die Juwelen unentdeckt bleiben“, erklärte sie zufrieden. „Zumindest so lange, bis sie irgendwann nach Atlantis gelangen …“

Der Fluch der Mumie

„Nicht schlecht, eure Geschichte", murmelte Jans Großvater wenig später, als sie in seinem kleinen Haus auf dem Sofa saßen. Wie nach jeder Zeitreise hatten sie ihn nach ihrer Rückkehr aufgesucht, um ihm bei heißem Tee und Keksen von ihren Abenteuern zu berichten. Und wie nach jeder Zeitreise glaubte Herr Yorick auch dieses Mal, Maya und Jan hätten sich die ganze Geschichte nur ausgedacht!

„Noch besser hätte ich sie allerdings gefunden, wenn euch in der Gruft Tut-Ench-Amuns eine *echte* wandelnde Mumie begegnet wäre!", sagte Herr Yorick grinsend.

„Ach?" Jan, der immer noch froh war, aus dem dunklen, stickigen Grab entkommen zu sein, nippte müde an seinem Tee.

„Aber ja!" Begeistert stellte sein Großvater seine Tasse beiseite. „Neulich kam im Fernsehen ein Abenteuerfilm über eine Forschungsexpedition zu den Pyramiden, wartet mal – ‚Der Fluch der Mumie' oder so ähnlich. Wie war das denn noch gleich …?"

Jan sah Maya hilflos an. Er hatte für heute mehr als genug von Mumien und Grüften und Schätzen. Sie zuckte die Schultern und setzte ihm statt einer Antwort Herkules auf den Schoß.

„Ach ja, also: Diese Forscher drangen in ein Pyramidengrab ein", berichtete Herr Yorick aufgeregt. „Sie entdeckten die Ruhestätte des Pharaos und nahmen alles mit: Gold, Edelsteine, Mumie, alles. Dem Pharao gefiel das überhaupt nicht, und in der Nacht – stellt euch das vor! – erhob er sich und lief im Forschungslager umher … etwa so!" Herr Yorick streckte die Arme vor und ahmte den wankenden Gang der Mumie nach. „Unheimlich, was? Aber wartet ab, es kommt noch besser: Als die Mumie nämlich merkt, dass ihre Grabbeigaben nach Amerika verschifft werden sollen ..."

Jan hatte die Nase voll. Er stellte seine Tasse fort und griff nach Herkules. Von hinten bewegte er dessen Kopf so, dass man seine Hand nicht sehen konnte. Dazu rief er mit hoher, quäkender Stimme: *„Laaaaangweilig!"*

„Schon gut, Herkules", sagte er dann mit seiner normalen Stimme und tätschelte dem Stoffnilpferd die Stirn. „Opa ist bestimmt gleich fertig."

Herr Yorick machte für einen Moment große Augen. Dann griff er schmunzelnd nach seiner Teetasse – und schwieg. Maya kicherte leise.

Zufrieden sah Jan das Stoffnilpferd an. Obwohl Herkules ausnahmsweise nicht aus eigenem Antrieb gesprochen hatte, war Jan sich sicher, dass sein echter Kommentar kaum anders geklungen hätte …